故鄉風物入詩箋

江南小隐 著

中国宇航出版社
·北京·

图书在版编目（CIP）数据

故乡风物入诗笺 / 江南小隐著. -- 北京：中国宇航出版社, 2022.6

ISBN 978-7-5159-2065-8

Ⅰ. ①故… Ⅱ. ①江… Ⅲ. ①诗词—作品集—中国—当代 Ⅳ. ①I227

中国版本图书馆CIP数据核字（2022）第069800号

责任编辑　田芳卿　　装帧设计　宋　航

出版发行	中国宇航出版社		
社　址	北京市阜成路 8 号 （010）68768548	邮　编	100830
网　址	www.caphbook.com		
经　销	新华书店		
发行部	（010）68767386 （010）68767382		（010）68371900 （010）88100613（传真）
零售店	读者服务部 （010）68371105		
承　印	北京中科印刷有限公司		
版　次	2022 年 6 月第 1 版		2022 年 6 月第 1 次印刷
规　格	880 × 1230	开　本	1/32
印　张	5.5	字　数	111 千字
书　号	ISBN 978-7-5159-2065-8		
定　价	36.00 元		

本书如有印装质量问题，可与发行部联系调换

乡愁的滥觞（代序）

——中国田园诗创作中的“三趣”

南怀瑾先生有句名言：三千年读史，不外功名利禄；九万里悟道，终归诗酒田园。山水田园，无疑是中国历代文人心之所系，神之所往，并赖以寄托情怀的精神家园和心灵归宿。清新隽永、生动活泼的田园诗，则是中国文坛最能打动人心的天籁之音，是中华古典诗歌瑰宝中的瑰宝。

以东晋陶渊明为开创者，以南北朝谢灵运，唐代王维、孟浩然，宋代陆游、杨万里、范成大等一系列诗人为后秀的田园诗代表，他们热衷自然，亲近山水，每每把细腻和饱含情感的笔触，主动投向宁谧的山林，闲逸的田野，创造出一种田园牧歌式的生活和情感，借以表达对悠闲、恬淡生活的喜爱，对宁静、平和生活的向往，对自然风光的热爱，对人生哲理的感悟，对自由精神的崇尚，对高尚情操的追求，从而形成了中国千多年来独具风韵、经久不衰的田园诗派，为广大读者所钟爱和推崇。

田园诗冲和淡远，清新明丽，宛如一幅幅优美宁静的田园风景画，充满浓郁的生活气息，散发出温馨的泥土芬芳。诗人们通过任用灵心妙性，调动敏感的艺术触角，巧妙地捕捉日常生活中的情趣，构造出淡泊旷远、空灵澄澈的意境，以此抒发诗人们超尘脱俗的精神追求和人生理想，从而引起读者情感上的共鸣。

田园诗之所以千百年来能如此深入人心，并为历代文人墨客们反复称颂，细究其原因，主要得益于田园诗中所表现出来的三种独特的意趣。

一、自然之趣

田园是田园诗人们安身立命的处所。田园诗人大都亲近自然，他们或留连山水，或醉心田园，视功名利禄为身外之物。由于热爱生活，深入生活，对田园生活的切身感受，使他们善于发现和挖掘大自然中许许多多奇妙的美景及情趣，然后通过生动的语言，奇特的想象和比拟，对眼中的自然风光、乡村景物以艺术的方式进行描摹和重现，因而能表现出一种浓烈的自然之趣。

诗人们吟咏自然之美和田园情趣，裁取的角度千差万别，题材多种多样，艺术手法更是千变万化，因而诗中表现出来的意趣也是丰富多彩，如春兰秋菊，各领风骚。

同是描写乡村田园的恬静之美，陶渊明笔下是“暧暧远人村，依依墟里烟。狗吠深巷中，鸡鸣桑树颠”。王维笔下则是“倚杖柴门外，临风听暮蝉。渡头馀落日，墟里上孤烟”。陶诗狗吠鸡鸣，自然宁静；王诗落日孤烟，超然安逸。

同是描写乡野春夏的生机之美，谢灵运笔下是“池塘生春草，园柳变鸣禽”。王维笔下是“屋上春鸠鸣，村边杏花白”。若说气韵的生动，二者实难分伯仲。李白的“绿竹入幽径，青萝拂行衣”美则美矣，却多少带些淡淡的清寂。杜甫的“细雨鱼儿出，微风燕子斜”“绿垂风折笋，红绽雨肥梅”，则是另一番赏心悦目的气象。辛弃疾笔下的“城中桃李愁风雨，春在溪头荠菜花”，暴露出对乡野的倾心。范成大笔下“舍后荒畦犹绿秀，邻家鞭笋过墙来”，实难掩心头之欢喜。

再如描写山庄的旷远缥缈之美，孟浩然笔下的“绿树村边合，青山郭外斜”，好一幅明丽的山水画轴。陆游笔下的“山重水复疑无路，柳暗花明又一村”，既写出了花木扶疏、茅舍俨然的桃花源景致，又隐含世间事物消长变化的哲理。白居易笔下的“独出门前望野田，月明荞麦花如雪”，则看花非花，弥漫着一种朦胧的禅境。

再如描写湖乡田园风光之美，温庭筠笔下“波上马嘶看棹去，柳边人歇待船归。数丛沙草群鸥散，万顷江田一鹭飞”，清旷而雄阔。王维“漠漠水田飞白鹭，阴阴夏木啭黄鹂”，则深邃而平和。

再如描写山川旷野的风光之趣，谢灵运笔下是“初篁苞绿箨，新蒲含紫茸。海鸥戏春岸，天鸡弄和风”的清新。孟浩然笔下则是“天边树若荠，江畔洲如月”的苍渺。王维笔下是“明月松间照，清泉石上流”的画境，是“泉声咽危石，日色冷青松”的凝峻，是“山中一夜雨，树杪百重泉”的奇思。柳宗元笔下是“烟销日出不见人，欸乃一声山水绿”的明媚。韦应物笔下却是“春潮带雨晚来急，野渡无人舟自横”的空旷高古。

当我们读到上述种种想象奇特、意境优美的诗句时，又怎能不产生一种淡薄渺远、恬静自然的思绪！又怎能不意醉神迷，既感叹诗人们的才情，又陶醉于大自然神奇的宁静与和谐之美呢！

二、生活之趣

如果说田园诗中的自然之趣，能让人对于田园诗产生一定程度的喜爱，那么，田园诗中表现出来的生活情趣，则显得尤为重要和打动人心。田园诗派的诗人栖居乡下，参与劳动，熟知生活，因而感同身受，能发现和领悟很多日常平淡生活中的奇趣、哲理。正是这些源于普通生活中平实的奇趣和哲理，使得田园诗产生出“味之者无极，而闻之者动心”的奇效。

同样是描写躬耕农事的田园乐趣，陶渊明笔下是“采菊东篱下，悠然见南山”的恬静，是“晨兴理荒秽，带月荷锄归”的愉悦。孟浩然笔下是“桑野就耕父，荷锄随牧童”的闲适，是“开轩面场圃，把酒话桑麻”的酣畅。王维笔下则是“竹喧归浣女，莲动下渔舟”的灵动，是“田夫荷锄至，相见语依依”的亲切。

描写日常生活场景中的悠闲之趣，也为田园诗人们所钟爱。杜甫笔下“老妻画纸为棋局，稚子敲针作钓钩”，清淳质朴。陆游笔下“小楼一夜听春雨，深巷明朝卖杏花”，明快浪漫。晏殊笔下“巧笑东邻女伴，采桑径里逢迎。疑怪昨宵春梦好，元是今朝斗草赢，笑从双脸生”，活泼欢愉。范成大“采采归来儿女笑，杖头高挂小筠笼”“老翁欹枕听莺啭，童子开门放燕飞”，别致灵动。周敦颐“吟余小立阑干外，遥见樵渔一路归”，恬淡生意。王驾“桑柘影斜春社散，家家扶得醉人归”，含蓄风趣。张舜民“夕阳牛背无人卧，带得寒鸦两两归”，温馨和平。

描写山村生活的童稚之趣，更是田园诗人热衷追捧的题材。胡令能“蓬头稚子学垂纶，侧坐莓苔草映身。路人借问遥招手，怕得鱼惊不应人”中的小儿率真机警。白居易“小娃撑小艇，偷采白莲回，不解藏踪迹，浮萍一道开”中的小娃憨实可人。贺知章“少小离家老大回，乡音无改鬓毛衰。儿童相见不相识，笑问客从何处来”中的童稚大方热络。范成大“童孙未解供耕织，也傍桑阴学种瓜”中的童孙天真情趣。杨万里“篱落疏疏一径深，树头花落未成阴。儿童急走追黄蝶，飞入菜花无处寻”中的童子活泼顽皮。高鼎“草长莺飞二月天，拂堤杨柳醉春烟。儿童散学归来早，忙趁东风放纸鸢”中的儿童生龙活虎。袁枚“牧童骑黄牛，歌声振林樾。意欲捕鸣蝉，忽然闭口立”中的牧童古灵精怪。

再看描写山居生活的闲适之趣，李白笔下是“犬吠水声中，桃花带雨浓。树深时见鹿，溪午不闻钟”的清幽。杜甫笔下是“花径不曾缘客扫，蓬门今始为君开”的欢快。王维笔下是“欲投人处宿，隔水问樵夫”的荒寂，是“山路元无雨，空翠湿人衣”的清绝空灵，是“空山不见人，但闻人语响”的静谧。

上述这些鲜活灵动的诗句，无一不是源于朴素纯真的生活，构造的一幅幅活泼生动的画面鲜活欲滴，仿佛就要从诗里走出来。虽然写的大都是乡间琐事，下里巴人，并非什么“高大上”的主题，但却绝不浅俗和鄙俚。这些生活情趣，除了展示出诗人们对淳朴田园生活的热爱，对劳动的赞美以及对田园居民的真挚友好感情，还充分表现出诗人高远的审美意趣，以及对理想世界的追求和向往，甚至在生活的困顿与生活的旨趣之间，已经达成了和解和默契。

三、心灵之趣

如果说田园山水是诗人抒发情感的载体，那么，田园诗便是他们心灵最真实的观照。至情至性，淡泊名利，追求个人精神自由的田园诗人，是自由飞翔于田园的慧鸟。他们以境写心，以诗传心，用诗来抒发心灵的自由和快乐，寄托精神的追求和理想，表达率真的心性和独立的人格，推崇卓尔的气节及高尚的情操。他们清高洒脱，怡然自得，乐道安贫，守拙归真，既不倾慕虚名，又不屈从物欲，只求得高远的志趣和精神的解放。

假如田园诗只满足于自然之趣和生活之趣，便决不会有那种能洞穿时空的魅力。田园诗之所以能跨越时空，获得历史的肯定和青睐，获得历代读者的共鸣和追捧，更在于它内里表达的心灵之趣能直达读者的灵魂。诗人将他们心灵深处的情感，通过与自然和生活的融合，借景抒情，以物喻志，最终生出一种幽深浩渺的艺术境界。这种境界将主观生命情调与客观自然景物互渗融合，最终虚实相生，水乳交融，构造出静谧祥和、空灵悠远的意象，产生一种可意会而不可言说的朦胧之美。通过诱发读者的思想情感，开拓出深远、博大的审美想象空间。

我们来看看田园诗人们又是如何表达心灵之趣的？

为了表达归田园居的夙愿，陶渊明发出了“少无适俗韵，性本爱丘山”“久在樊笼里，复得返自然”“此中有真意，欲辨已忘言”的纯情宣告。为了表达隐者的情怀，孟浩然写出了“北山白云里，隐者自怡悦”“愁因薄暮起，兴是清秋发”“垂钓坐磐石，水清心亦闲”的内心愉悦。王维则用“独坐幽篁里，弹琴复长啸。深林人不知，明月来相照”来隐喻心灵的澄净。

在表达个人的情操方面，陶渊明喊出“衣沾不足惜，但使愿无违”的心声。谢灵运则表示出“皎皎明发心，不为岁寒欺”的决意，并借“野旷河岸净，天高秋月明”来表达自已如月光般洁净的操守。苏轼则用“荷尽已无擎雨盖，菊残犹有傲霜枝”来颂赞坚贞的节操。

表达心灵的禅境之趣，谢灵运用“明月照积雪”来营造洁净空明的意象。王维则用“月出惊山鸟，时鸣春涧中”“涧芳袭人衣，山月映石壁”“行到水穷处，坐看云起时”“涧户寂无人，纷纷开且落”来抒发性灵中的禅意。

个人精神自由及人格独立，更是诗人们最高层次的追求。李白用“相看两不厌，只有敬亭山”“我醉君复乐，陶然共忘机”来表达情怀。王维则用“即此羡闲逸，怅然吟式微”来吟唱理想。苏轼发出“殷勤昨夜三更雨，又得浮生一日凉”的慨叹。王绩则以“相顾无相识，长歌怀采薇”来表达悲愤孤寂的灵魂，宣示自已心中高洁的精神楷模。

总而言之，田园诗是真率疏放的田园诗人抒发性灵，寄托情感的广阔天地，是他们追求精神自由，寻找心中明月的“手指”。田园诗中的心灵之趣，无疑是自然之趣和生活之趣的再度升华。在这里，诗人们通过个人人格精神的物化，通过主观生命的情感与自然景物的交融，创造出了一种幽远深邃的心灵意趣。这种意

趣，或者称之为意象，最终能打破作者与读者在生活场景、人生阅历等方面的隔阂，达成共同的审美体验。

每个人心中都有自己的田园。田园是乡愁的滥觞，是诗歌的营养基甚或是生命。正是由于田园诗中表现出来的自然之趣，生活之趣，心灵之趣，田园诗才能永远充满活力，历久弥新！

江南小隐

目录

第一辑

乡居篇

第二辑 情感篇

第三辑

游历篇

第四辑

纪事篇

第五辑

感怀篇

第七辑 题赠篇

第一辑

乡居篇

诗部（33首）

五绝（2首）

植花

有土不须赊，迎风舞铁耙。
闲栽一树杏，足看百年花。

挖荠菜

登山嫌道远，玩水怯时寒。
且采新生荠，熬汤备晚餐。

五律（14首）

早睡忽闻蝉鸣

稻子风中熟，蝉开第一声。
高阳人独卧，晓梦月同行。
江海三年别，蓬山万里程。
南湖菱叶满，数点白鸥轻。

水乡夏夜

夏夜水乡美，田园满月华。
清池闻跃鲤，岸草响鸣蛙。
野径随溪转，柴门伴竹斜。
倚栏人静立，所望隔天涯。

靓妹属谁家

八月秋光好，佳人来采花。
追风捉蝴蝶，掷草逗青蛙。
秀发堆云锦，纤腰扭水蛇。
帅哥忙打听，靓妹属谁家。

秋夜闻雨

何事足关身，檐前秋雨频。
才疏亲白士，性癖远红尘。
有句酬知己，无花献美人。
浮生如梦幻，将老更天真。

月下独行

长夜攻书倦，田园且独行。
露从眉上白，月在脸边明。
灯隐邻俱息，时寒虫不鸣。
归来何所得，失却旧心情。

秋夜自题

云卷又云舒，归来结草庐。
事多烦俗客，性淡好清居。
带露锄花圃，挑灯读韵书。
光阴虽似箭，日月未空虚。

初晴野游

天寒长闭户，久雨乐新晴。
黄叶辞高树，吟人过古城。
欲寻闲趣味，来逐野溪行。
苇鸟如相熟，频频呼姓名。

问春

雪残春欲近，试问绿如何。
嫩荠弥新圃，黄莺唱早歌。
已栽君子竹，将养右军鹅。
搁笔耕南亩，无愁诗债多。

搭瓜棚逢雨

春去有余情，欣欣夏木荣。
抛书锄菜圃，伐竹搭瓜棚。
小倦临池坐，闲吟绕院行。
一场时雨至，阶上读檐声。

冬夜K歌

鸿雁频南去，冬深意若何。
瘦将诗进补，寒用酒消磨。
罢笔封新稿，开厅唱老歌。
三杯今夜饮，非少亦非多。

无题　芦村小聚，喜获筱非先生墨宝并寄诸友

佳节邀文客，骚人赠墨图。
屏开飞凤爪，轴展现隋珠。
盛世词千阕，芦村酒一壶。
得闲常雅聚，诸意复何如。

夏夜偶成

读史三更寂，抛书上露台。
虫和蛙共唱，风与月俱来。
花影重重舞，慵眉澹澹开。
倘无诗对酒，何以畅佳怀。

无题　入园寻菜，见矮小青菜丛中生出许多野生菌类，摘回炖肉，味美无匹

地瘠园蔬矮，天慈野菌长。
摘来鲜炖肉，吃起口生香。
得福逢中岁，沾恩谢上苍。
悯农知物力，碗底不留汤。

无题

午后入园，见满地柚果，知岁末寒冻或至，摘菜、移花毕，口占一律

庚子年将尽，寒潮已露头。
风鞭柚果落，日晒鲤鱼浮。
备菜防冰雪，移花进小楼。
诗成来报讯，新岁是金牛。

七绝（7 首）

赏荷有韵

文章沥血费筹谋，稿罢偷闲野外游。
昨夜一场梅子雨，莲花高过美人头。

挖土种菜

春到浓时换盛装，诗人挖土种瓜秧。
天公巧有酬勤法，一季鲜蔬口口香。

无题　独步乡间，虫声唧唧，月白风清，口占一绝

乡居此事足欣然，享尽清宵不费钱。
月色一天风一袖，未消七步已成篇。

夏日采莲

莲花寂寂远尘埃，莲子垂垂结老胎。
赤日当空心似火，采莲船去不重来。

秋晚独行

独向秋原觅故乡，五湖行色恨忙忙。
儿时牧笛闻何处，一岸芦花掩夕阳。

无题 饭后庭中散步，惊讶发现新栽不到三年的杨梅竟然挂满了累累果实，鲜红可人

饭后庭中步履悠，杨梅结果竟偷偷。
繁枝茂叶遮难住，数颗丹珠已露头。

晨起菜园土沟见鱼口占

一场暴雨夜间逢，鱼在池中欲化龙。
孰料修为仍有限，土沟困顿带愁容。

七律（10首）

无题　晨起园中散步，见手种菜蔬俱欣欣向荣，技痒口占一律

春深万物自争先，不用扬鞭各向前。
池外野花开烂漫，园中豆角撒娇妍。
葱葱嫩韭初舒叶，袅袅丝瓜已上缘。
最喜青椒长寸许，再期三日可尝鲜。

村居·之一

村居岁月一支歌，篱畔甜瓜池畔荷。
巨贾腰间珠宝重，老农门外稻花多。
心无俗韵尘嚣远，户纳清风竹影娑。
犹喜夏初三五夜，虫声如瀑月如河。

村居·之二

过罢春天又夏天，村居何事足勾牵。
亲栽玉米含苞满，手种西瓜抱肚圆。
馋拾田螺充海味，饥寻桑果作时鲜。
夜深不管星归隐，犹向风中倚石眠。

秋居偶感

长安消息不沾身，细数年轮过五旬。
择业欣同书作伴，卜居喜与竹为邻。
亲栽蔬果多贻客，爱读诗文怕借人。
未破禅关宁免俗？偷闲亦乐逗娇孙。

田园歌

长堤日暖一蓬春，喜有丘山托此身。
云梦已然常聚散，诗怀何用太吟呻。
闲随曲径寻高士，间谱新词寄故人。
虽谓田园无大雅，田园歌里少风尘。

回乡

一去田园数载违，重来触目荡心扉。
江头绿染春风秀，梦里青流草色肥。
易捡流云飞雁泪，难存逝水落红衣。
功名未问诗先老，合向南山种紫薇。

冬日偶成

案头诗稿渐成堆，难得呼朋醉几杯。
早出或因寻食去，晚归多是奕棋回。
秋深霜重开黄菊，冬至时乖冻腊梅。
何畏江村前路冷，当知雪里孕春雷。

无题

人间大道总无私，得失因由早自知。
行乐三分耽酒色，交游一半是文痴。
耕堪饱腹须勤执，著可传心更莫迟。
孰谓青春能永驻，鬓头已杂白丝丝。

自题

修身长爱抱书眠，渐觉黄昏懒著鞭。
棋奕故交还敌手，诗吟月下或花前。
一春偶尔之城市，半日多遭省意田。
知命已临犹任性，回回戒酒托明年。

初夏即事

饭后蔬园日影长，村夫顺手理瓜秧。
肥施根下青苗壮，草掷池中白浪狂。
夺食鱼儿求腹饱，归巢燕子欲身藏。
世间万物情何别，皆为生存各各忙。

词部（14阕）

忆江南

其一

乡居好，百物喜新尝。嫩笋煮鱼宵夜美，草菇炖肉半村香。口水比天长。

其二

乡居好，娴静最宜家。院角扶墙栽扁豆，池边傍水点丝瓜。诗酒醉年华。

其三

乡居好，碧草绿池塘。水秀风闲图画卷，功非名未卧斜阳。平淡又何妨。

其四

乡居好，湖上约东风。两岸长堤春漾漾，一湖幽月水溶溶。沉醉意先融。

其五

乡居好，芳草更依依。玉笛吹梅烟树里，村姑邀月小楼西。清露湿人衣。

浣溪纱

其一

何必长安羡锦袍。村居也觉乐陶陶。竹篱茅舍稻香飘。

对月如招知己饮，看花似伴美人聊。风光最恋绿杨娇。

其二

一梦红尘若许年。归时不用垦名田。江湖有味是偷闲。

嫩笋冒尖思化竹，藕花落瓣自成莲。云开风袅月婵娟。

其三

不羡官家不羡商。唯期煮酒卧斜阳。求田问舍早还乡。

读史犹嫌冬夜短，锄园为爱菜根香。心无余欲不穷忙。

其四

春入农家景色鲜。村南村北菜花妍。神仙到此亦留连。

俗事烦心添白发，风光养眼润红颜。茶亭归去嫩三年。

菩萨蛮

其一

话筒拿起吼三吼。在家乱嚷不丢丑。唱到嗓儿干。夜深兴未阑。

人生多少事。合醉无留意。别想那么多。当歌君且歌。

其二

午后华兄、伟哥造访，同入"朴园"摄影，见杂树零星，雀鸟喧闹，秋草迷离，一株玫瑰竟被张狂野菊团团围困，苦苦挣扎，乃有田园将芜之慨。戏为题

朴园草盛堪藏鹤。野花更比家花恶。四面困重重。玫瑰不见红。

主人何事去。冷落园中树。碌碌为谁忙。无如恋旧乡。

西江月

其一

上网全身俱累，出门院内偷闲。搬来竹椅入林间。静听松虫夜侃。

天籁仙音款款，和风月色潺潺。一时弃了倦和烦。诗为村宵点赞。

其二（新韵）

竹里鸡翻蚯蚓，池边鸭戏鱼虾。招蜂黑狗又怀娃。渐渐肚皮肿大。

春雨兰花瑞草，秋风扁豆丝瓜。案头诗稿自成家。不待苦心谋画。

渔家傲

世事难求件件好。居家却是乡村宝。城里相争纷扰扰。何得了。楼高压顶人先老。

紫燕穿帘勤起早。庭台借给春风扫。待有闲情方写稿。君莫笑。人间俗务宜抛掉。

第二辑

情感篇

诗部（7首）

五绝（2首）

自嘲

颂德辞无力，观书眼欲迷。
愁人何所也，只合听莺啼。

寄友

漾漾绮云停，春山青复青。
感君多古意，送我过长亭。

七绝（5首）

送别

雨淋芍药花无主，风过蔷薇叶乱摇。
最是伊人分手处，江风脉脉雨潇潇。

丁酉卯月赠桃花

天涯行遍最关身，每遇桃花格外亲。
遥忆月明桥下语，疑依是我旧情人。

无题

夜色融融十里波，诗人郁郁又因何。
为忧水底娟娟月，不耐江潮岁岁磨。

游茶亭花海有寄

莫谓春风到望城，年来事事少心情。
茶亭陡见花如海，便觉相思已长成。

春思

东风一夜满园花，负手溪头逐晚霞。
春色逼人今始觉，男儿心事到天涯。

词部（53 阕）

浣溪纱

其一

人在桥东月在西。春江烟柳笼沙堤。耳边虫唱软如泥。

风帚不停云易扫，花枝未稳雀难栖。一时闲步到无题。

其二

淡淡忧思谁与同。三春行色已匆匆。云帆欲挂缺长风。

此宿雨声方淅沥，那些心事更朦胧。夜深唯恐梦花红。

其三

芳草离离到别时。绿云漾漾意迟迟。风中吹笛为谁痴。

鸿雁不传千里信，流年删却万行诗。唯难删去是君姿。

其四

多少闲愁写未成。诗中字字是心声。相思一缕结成缨。

此去愿携青竹杖，归时甘结白鸥盟。长天朗月照江清。

其五

百岁一轮犹半轮。朔风吹雪乱纷纷。时寒欲冻早关门。

举酒易怜秋夜月，踏花常忆少年春。人生何处买天真。

其六

睡到林中竹鸟喧。推窗又是杏花天。何人正倚画楼前。

漾漾绿云生别绪，离离芳草忆尘缘。春心犹自似当年。

其七

野径徐行觅旧华。子规啼破日西斜。心随流水到君家。

岁岁伤春皆病酒，年年忧雨只因花。归来新月照天涯。

其八

春到幽居第几楼。穿帘燕子弄晴柔。南风吹起百花惆。

一院风光来眼底，万般心事上眉头。无人能解是何由。

其九

落拓江湖谢不才。游园又见紫荆开。玉人心事好难猜。

邀月嫌迟居水榭，恋花恨远种阳台。相思问你怎成灾。

其十

已是三春日影西。一园芳草意迟迟。残桥人立又多时。

悔把相思沾满袖，换回寂寞上双眉。晚风频向耳边吹。

其十一

载酒江湖谁与同。几人能唱大江东。伤心时节落花匆。

明镜易窥生白发，人生难改是初衷。梅花不愿嫁春风。

其十二

春到浓时日又斜。相思弦上试琵琶。为传诚愫到天涯。

欲散愁心常纵酒，怕偿情债懒拈花。闲云独驻野人家。

其十三

何必扁舟到海涯。村南溪北柳斜斜。一畦雨润老甜瓜。

面壁深时焉有壁，看花痴处早无花。由它月影透窗纱。

其十四

人世沧桑总有缘。江南好梦尽成烟。水流花谢奈何天。

画里江山难远眺，壶中风月抱谁眠。不如纵酒在君前。

其十五

几许话儿埋在心。几多旧梦付瑶琴。几曾恨比落花深。

错过莫非缘有定，别离原是杳无音。红尘陌路不堪吟。

其十六

南浦佳人临水歌。春花春草别春波。送君年少最情多。

明月窗前曾胜雪，光阴梦里总如梭。人生回首奈愁何。

其十七

不爱功名只爱闲。朝朝把酒赋春山。衰颜且自当红颜。

紫燕来时花尚小，舞裙去后月初弯。诗吟一首送人删。

其十八

年少焉知行路难。几曾翘首望长安。渐行渐远渐心酸。

酒好宜筛三碗饮，花多偶折一枝看。浮名与我没相干。

其十九

一朵盛开的夏荷。亭亭袅袅立清波。霜风秋雨未揉搓。

青涩时光行更远，红尘心事渐愁多。非迟即早奈人何。

其二十

莫谓当时一瞬真。岩云生雨石生云。何年修得自由身。

避镜难销头上白，牵孙易染少年春。依稀脖上系红巾。

其二十一

难得携书读竹林。红尘俗事莫相侵。庭前花曳一阶阴。

青菜尝多痴淡味，闲鸥见久息机心。新词纵好只轻吟。

菩萨蛮

其一

凤仙花串编难好。无心吹笛音儿杳。手眼渐相交。斯人月下娇。

情柔期夜永。浓醉何须醒。你我爱之真。甜歌一样纯。

其二

见或不见无悲喜。念或不念人千里。月在相思楼。情留人未留。

不来犹不去。孤馆秋深处。不减不增时。落花共我知。

其三

花开彼岸千年落。叶生此岸情缘薄。花叶两相期。滔滔流水西。

无量生死恨。聚散凭谁问。因果岂无由。江清月自浮。

其四

为求与你能相见。佛前我已祈千遍。今世化成花。长开在海涯。

期君多顾盼。朵朵犹心瓣。君若不相怜。凋零满地笺。

其五

假如情意深如海。假如命运能修改。故事请重来。剧情容再猜。

时间随我选。角色由君演。相遇在初春。江南月破云。

其六

尘封岁月休翻阅。而今更向谁人说。不舍又如何。沈腰潘鬓磨。

酒痕诗里字。长是前朝事。流水尽朝东。心同寝未同。

其七

假如你我来相聚。只能默默传心意。也请惜情缘。需修五百年。

春来无定信。春去红成阵。离别莫回头。回头愁上愁。

其八

轻轻作别轻挥手。西天云彩河边柳。水草恋柔波。夏虹天上河。

长篙寻梦去。星月迷离处。沉默是康桥。无人吹玉箫。

其九

有些邀约长相记。有些情愫凭谁寄。折柳别南桥。汀花滴滴娇。

秋来珠似露。秋月迷归路。抱影独无眠。重逢须问天。

其十

南楼半夜风交雨。何人可识多情苦。枕上梦分明。素娥双泪清。

当初花下遇。疑似前缘误。咫尺路迢迢。湘江春水遥。

其十一

郊园树里黄鹂隐。东风乱把游人吻。心事问桃花。绿杨堤外斜。

恋春春不语。水上鸳鸯侣。别梦两悠悠。相思空白头。

其十二

当初约与佳人舞。天公却下潇潇雨。早起敛修眉。愁云心上吹。

园中花又落。岁月情何薄。纤手更相违。门前黄叶飞。

其十三

霜风暗老庭前树。闲愁渐上眉头驻。信手启柴扉。小园清露肥。

归来常病酒。疏问当时友。瘦影对星空。无言冷月中。

其十四

年年此际年年忆。春阳暖暖人无力。几度乱花飞。伊人归未归。

门前芳草暮。溪岸双栖鹭。月上柳梢眉。今宵谁梦谁。

其十五

梧桐又下潇潇雨。黄花且向风前舞。草色满园颓。诗心日日灰。

当年豪气壮。把剑中州望。梦醒几多愁。凭栏对晚秋。

其十六

小城河畔秋如画。七层塔上风铃挂。风起响叮当。离人情更伤。

除非风改道。或者风铃掉。少惹我烦忧。烦忧结汝仇。

其十七

桥边人看江中景。楼前谁抱相思影。别绪又离离。怅时风拂衣。

人生原若戏。每有伤春意。明月饰君窗。君身却梦乡。

其十八

童年缚在风筝上。童心爱把春天放。云鬓紧相随。鬓前蝴蝶垂。

柳花盈满手。蝴蝶轻飞走。岸草绿斜阳。风儿寻故乡。

其十九

云儿跟着风儿走。风儿笑对春招手。春却不停留。随溪作远游。

夕阳藏起脸。花被相思染。星月冷如冰。前方有盏灯。

临江仙

其一

扶醉城南寻旧梦，沿溪景色初丰。眼前院落漾春风。杏花如有意，不用出墙红。

莫叹江山容易改，无非流水西东。人生何处易相逢。当时折柳处，烟雨又迷蒙。

其二

雪后梅标隐者，春回柳暗离尘。相思易与酒为邻。中庭今夜月，千里照何人。

好梦易随风逝，新词却向谁陈。当初故事已成珍。君心若问我，不似去年身。

其三

几处莺飞草长，半场夏雨圆荷。一春季节又如梭。平湖花未满，谁唱采菱歌。

放眼绿肥红瘦，关身日暖风和。偏偏此际最愁多。笛声吹不散，须用酒消磨。

其四

袖舞春烟袅袅，眸回秋水盈盈。红唇初吐玉珠声。灯前心已醉，起坐不能平。

岁月磨人棱角，东风妒我才情。如今心事更无凭。朝花红灼灼，夜雨冷冰冰。

其五

昨夜半帘幽梦，今朝一盏新荷。情心此际更思多。羞羞还怯怯，不醉亦颜酡。

湿润青青草地，微吟淡淡愁歌。月光如网网烟萝。蛙鸣才谱曲，春已长成河。

其六

一夜东风花万种，何曾算计筹谋。踏春时节莫闲游。眼餐天地秀，心格物中由。

剑气蒿莱俱往矣，年衰不梦吴钩。穷通悟了息林丘。勤栽桃李树，懒作百年忧。

减字木兰花

其一

楼头酒困。误了青春情一寸。午梦才回。春向桃花枝上堆。

此心谁许。帘外双双新燕语。积郁难消。暗约东风过小桥。

其二

怀人滋味。袖里江山容易醉。谁弄东风。忍见蔷薇一地红。

留春不驻。吹向深山云外去。醒处凝眸。月逐相思照水流。

其三

时晴时雨。一片愁心千万绪。时雨时晴。几度偷闲计未成。

绿杨春草。燕子回时诗又老。慰我情怀。此夜梨花枕上开。

其四

看花持酒。记得当年人伴柳。孤枕无眠。一段相思种宿缘。

锦书谁寄。彩笔题诗风解意。漫道情痴。不写苏词写柳词。

鹧鸪天

一样心情两样猜。融和天气踏春来。谁怜岛瘦敲诗苦，尽慕相如作赋才。

头未白，意先徊。朱颜易为美人颓。云深不敢多留步，怕见梨花被雨摧。

满庭芳

社燕年年，东风日日，匆匆都为谁忙。雨消云散，天际又斜阳。多少名流雅士，应对此，转转情伤。凭栏久，怏怏倦客，种种费思量。

遑遑。该恋否，溶溶月地，淼淼鱼乡。纵宋玉才情，徒赋高唐。问问何人酒醒，能抛却，利锁名缰。登高望，人潮如海，渺渺一身藏。

凤凰台上忆吹箫

梅下人痴，雪中笛怨，古来知己无多。又断桥春老，日去如梭。生怕凭栏怀古，花落里、难奈愁何。愁何事，佳人迟暮，壮士蹉跎。

晴和。才情万种，都付了东风，未付娇娥。叹此生零乱，总被时磨。趁此斜阳正好，当纵酒，休虑颜酡。颜酡处，归时哼点，最老情歌。

第三辑

游历篇

诗部（28首）

五绝（1首）

游浏阳西溪磐石大峡谷

峰雄山有势，溪冷水无波。
一涧溜圆石，时光岁岁磨。

五律（10首）

游望城茶亭南冲水库

平湖缊秀色，花客淡归心。
曲径迷春树，松涛奏晓琴。
风来山有迹，钟失寺无音。
愿作栖云鸟，峰高隐旧林。

过青原山净居寺参拜禅宗七祖行思

七祖安禅处，吾来觅圣踪。
泉幽流佛乳，石古映乔松。
贝叶清心读，山花带雨秾。
曹溪分五脉，宝刹有三宗。

芦江秋晚

古镇摊秋色，芦江镀落晖。
夕阳驱鸟返，芳草阻人归。
棘果随缘熟，蓉花自在肥。
高天存厚意，与道莫相违。

怀沩水古黄金水道

宁望一衣连，乌蓬发几千。
长篙撑月色，柔橹破春烟。
风顺帆遮日，田膏谷满船。
潇湘金水道，诗里话从前。

无题 与宁、望诗友同游大沩山探源沩水逢芦花瀑布

同饮沩江水，寻源趣话多。
万花迷慧眼，一叶下沧波。
既转弯无数，犹疑路几何。
忽闻金石响，青障泻银河。

无题 诗朋雅聚，晚饭后独游书香源后山

结会在河东，门前山势雄。
暮云依石合，危径向天通。
林暗知孤胆，峰高怯晚风。
一尊拦去路，细辨是欧公[1]。

[1] 欧公：唐代书法家欧阳询。书香源后山即望城书堂山，为欧阳询故里，现建有欧阳询文化纪念园，山道上立有欧阳询雕像。

无题

随诗协采风，独步胡云泉先生后山，目睹群竹青葱，闻百鸟和鸣因感

夙愿恋丘山，人生笑里看。
三冬春意暖，一树鸟声繁。
古哲贤时杰，知音过旧欢。
何为言达者，心底息波澜。

游浏东画里小河乡

浏河第一湾，澹澹出乡关。
垂柳壮行色，丹霞骄玉颜。
水清山影近，村谧旅人闲。
何日抛尘俗？忘机宿此间。

无题　东洞庭湖西北岸有漉湖，其湖洲向水中延伸百里，系洞庭湖芦苇主要产区

风里夹鱼腥，荒洲卧洞庭。
南瞻皆水白，北顾尽芦青。
地邈稀人迹，天高有鸟经。
波光明灭处，惊是岳阳城。

无题　闻洞庭湖中有孤岛，上有三五人家

洞庭延百里，湖上隐人家。
遗世居蓬岛，开门履浪花。
窗依柳色碧，船缚夕阳斜。
泽广从张网，洲肥任种瓜。
无因萌俗虑，有米足生涯。
节至三樽酒，农闲一碗茶。
不闻云外事，但识水中虾。
天阔烟波淼，风高雁阵赊。
光阴为己据，帝力有何加。

七绝（6首）

拜谒胡耀邦纪念馆

救国扶民事最艰，少年策马战关山。
承平自古来非易，莫视承平若等闲。

游井冈杜鹃山

雨后青山分外娇，且凭索道入云霄。
长廊十里花如海，都是红军血泪浇。

无题　夜宿井冈天公馆，半夜忽下小雨，晨起闻山外鸟唱，口占一绝

井冈天气忽阴晴，夜半檐声滴到明。
待听窗前山鸟唱，翻然又觉好心情。

游同庆寺怀诗僧齐己（其一）

向读僧诗八百篇，今来怀古伫岩前。
溪山失伴君何往，听有松风诵《白莲》[1]。

游同庆寺怀诗僧齐己（其二）

何必丛林拾旧枝，芒鞋竹杖破禅时。
皈依勤礼西天佛，更拜人间一字师[2]。

游同庆寺怀诗僧齐己（其三）

不计山花几度红，牛郎别后未相逢。
一朝老牯寺前过，认得诗僧是牧童。

[1]《白莲》：齐己诗集名。

[2]一字师：齐己《早梅》诗中有“前村深雪里，昨夜数枝开”。诗友郑谷看后评点说：数枝不足为早，不如把“数枝”改为“一枝”更切。齐己深以为然，尊郑谷为“一字师”。

七律（11首）

随长沙市诗协茶陵采风游云阳山

登高揽胜几相从，见说云台隐卧龙。
水带绿烟疑幻境，山传余响是晨钟。
遇仙亭内仙踪杳，碾药槽中药气浓。
无有东阳谁接我？空留清句挂长松。

观洣水铁犀牛

洣水兴灾起浪涛，犀牛铸就镇河妖。
已经沧海千千岁，曾伏强龙万万条。
向日雄姿犹半在，冲天霸气竟全销。
亭居不用降魔怪，唯任游人坐铁腰。

游茶陵南宋古城墙怀古

史为明镜鉴兴亡，南宋君臣清泪长。
洣水风烟云淼淼，崖山落日血苍苍。
将军御敌浑无计，朝士安邦孰有方。
固国只凭城阙险，铁城犹似纸敷墙。

参观茶陵红色工农兵政权旧址有感

重重叠叠旧楼台，欺压人民酿血灾。
洣水清涛和泪卷，秋收赤帜破空来。
春风吹野蒲初长，星火燎原势已开。
革命征途千万险，红军领路要雄才。

游瞿塘峡

瞿塘千古有雄名，昼夜涛声下帝城。
断壁云愁猿互啸，牢关铁锁水相争。
孤帆映月舟难发，白练横江坝竟成。
今日平湖仙境里，游人不起故园情。

春日游乌山

世事如棋与愿违，呼朋暇日赏春晖。
且披棘刺寻云径，不信岩峰少洞扉。
手待扶松心未歇，足难举步兴仍飞。
幽幽石壁生禅意，始忆阳山有野薇。

游黑麋峰

麋峰神秀接云天，怪石寒波咽管弦。
访道不辞山峻险，修真还爱日高眠。
岩边仙女台犹在，涧底芙蕖花正燃。
怀素刘郎今再至，当惊风物异从前。

初冬游浏阳磐溪玻璃桥

行到磐溪仰索桥，脊梁便觉冷飕飕。
才观槎客排云上，已逼羸心遁地逃。
脚底羊如蝼蚁细，空中肩比月云高。
远山犹自含青黛，未理风霜杀似刀。

谒蟠形山王首道故居

小溪河畔起彤云，鹤啸一声天下闻。
黄石洞中栖猛虎，蟠形山里出将军。
横心只为民除暴，舞剪何期国立勋。
今到湘东参志士，庭前松柏散余芬。

无题　汉寿沧港镇屈原社区访寻屈子庙未果

沧水清兮浪水清，沧江北向洞庭横。
洲头吊古无遗迹，里巷寻踪有地名。
鼓枻渔翁歌已歇，怀沙屈子意难平。
凭栏远眺苍波淼，隐隐鹧鸪三两声。

无题　随虢筱非先生及其《湖南日报》诸同事泛舟东洞庭湖

青芦满目舞婆娑，湖有长洲洲有河。
草底蛙肥声气猛，滩头虾壮钓人多。
轻舟着意能娱客，阔水无风也泛波。
尘俗且先抛脑后，连天秀色漫消磨。

词部（3 阕）

菩萨蛮

游望城茶亭水库（嵌名）

茶山雾自龙渊起。亭台影在斜阳里。水镜映红霞。库边客似家。

九峰相拥立。丹凤归飞急。仙女有还无。销魂第一湖。

临江仙

题望城茶亭惜字塔

惜字塔尖古树，根深叶茂枝青。人间异景在茶亭。山含天外秀，水聚四方灵。

造化神奇仰止，百年塔树同生。和谐世界颂繁荣。九峰辉夕照，来日定新晴。

凤凰台上忆吹箫

金陵怀古

晋代衣冠，吴宫花草，不堪往事如烟。问六朝王气，泄在何年。犹忆胭脂井里，妃子泣，壁泪涟涟。沧波渺，台城柳换，朱雀桥迁。

无言。龙盘虎踞，除王谢风流，更复谁贤。竟倭狂城破，万户腥膻。惟有中流砥柱，堪雪此、千古沉冤。欣今日，《后庭》曲废，《茉莉花》妍。

第四辑 · 纪事篇

诗部（42首）

五绝（3首）

晨起见雪，闻沩水桥车祸

瑞雪净尘埃，琼花楚地开。
新来胡不喜？只是莫成灾。

望城区作协柳林江采风落单

路口红灯阻，初飞失却群。
江滩看草涨，春色冷三分。

无题　过书堂山拜楷圣欧公归，于街前陶艺店获花二盆，香茶数盏

拍马过江东，何山花更红。
书堂陶店主，笑靥似春风。

五律（5首）

无题　庚子新春疫情突发，妻单位近日奉命封闭管理，诗以示之

冠疫何其毒，人间正过年。
亲情诚可贵，责任大于天。
尽职无休息，操劳少睡眠。
遥知憔悴苦，为尔赋新篇。

无题　新春冠疫，儿媳医院护理病人，逢院封闭，颇挂念家中岁半稚儿，诗以示

雅号称天使，临危莫畏难。
稚儿先少念，病者要多看。
护理当勤勉，人生须乐观。
一朝妖雾尽，举国大团圆。

从诗协诸友游祥云山过寺冲水库

策杖入羊肠，危峰耸皓苍。
岩坚遭水切，寺古被云藏。
揽胜呼同道，回车载夕阳。
山牵幽客梦，何必困文章。

冼心禅寺午访心启大师

何处涤凡心，巍巍古木森。
无由功德浅，有遇佛缘深。
法雨浇庸客，炉香遍宝林，
初闻开觉路，伴月易成吟。

无题　应虎兄之约会新诗友纪事

停车石榴下，车顶落花红。
雨澍肥梅子，香清透竹丛。
诗囊何日满，一季又成空。
放胆酬知己，归时醉眼朦。

七绝（16首）

看野花被打

曲岸寻幽踏晚春，野蔷傍水萼无尘。
上前正待扶娇色，风捉花枝乱打人。

无题　桃源采风、学习归来，园中随步口占

桃源访胜远尘埃，秀水奇山畅我怀。
几日未归花满院，融融不解对谁开。

无题　庚子初春上书堂山，山门前工作人员让填登计表，吾填至温度一栏，正欲仿朋友数据填写，一蒙面美女笑曰：他是36度，你是34度。言讫大笑云：34度的，我还是第一次遇到。吾初闻惊愕，迸亦大笑

谒拜欧公山上行，测温愧让美人惊。
韶华虽逝心犹热，许是枪昏计未明。

无题 春妆渐谢，树木扶疏，欣获大师墨宝并寄华兄、筱非兄诸友共勉

莫为桃李惜芳时，花落尘泥子在枝。
天使吾侪肩寄任，江山代代要清诗。

无题 闻端午国际龙舟节之际，汨罗市政府将于屈子文化园举办虢筱非先生百幅《楚辞》图画展，占一绝以贺

五月龙舟竞渡时，清江水涌万行诗。
怀沙屈子存遗响，复见丹青画楚辞。

无题 春日望城区作协诸君相聚新华联古堡口占

樱花似雪满芳枝，又遇春晴结伴时。
同是游园心却异，佳人留影我留诗。

坐小火车参观铜官太丰农业园

菜花深处火车开，绿浪滔滔卷地来。
吸引游人凭创意，太丰农业出心裁。

清明扫墓所见

季到清明草色鲜，春耕未动一如前。
游人有惑农人解，谷价长低懒种田！

无题

参加长沙市社会科学界联合会第七次代表大会，于酒店巧遇宁邑诗友杨宗义兄，赠吾以新作《有定集》，乃邀李意坚兄同来谈诗。时意坚居银盆岭，饭后如约而至，与吾天涯旧友、相交十年初次谋面的长沙钱币学会会长野云先生一同夜游长沙，归酒店（野云先生因事先别）三人海阔天空，侃至半夜兴未尽而散，晨起占一绝纪之

相逢意气为诗同，小聚潭州夜不空。
白水三杯兴未尽，且留余绪约春风。

寒夜邻来

重门深闭读南华，犬吠方知客到家。
寒夜清斋无所奉，聊将诗话煮红茶。

野游

独爱闲余探野溪，忽南忽北忽东西。
此间自有娱心法，涧鸟无须绕耳啼。

过前村观油菜花有感

云英油菜尽开花，遥望前村一片霞。
地主打工城里去，由它春色染天涯。

无题　参加望城区诗协年会归来，赏菊有韵

暂凭诗酒慰年华，爱雅何能少菊花。
不梦田中生白玉，惟期邻舍是陶家。

新童谣

妈妈抗疫在前沿，别母娇娃好可怜。
久困适逢新雨住，爷爷背起看春天。

无题　熊东遨先生来望城诗协讲座，午后陪先生及夫人游乔口、靖港古镇，过寒舍，听先生点评庭中拙联，顿开茅塞，因成一绝

清风小巷参书院，微雨长街论旧联。
何日叨陪重受益，与师相约是明年。

无题　昔日同事聚会，佳人劝酒不饮

经商有道厂花姣，别墅新成宴故交。
纵得佳人来劝饮，思量酒驾不称豪。

七律（17首）

无题　望城区人大常委会建华主任心系农家书屋，再次将一千多册心爱藏书捐赠芦江惠民图书馆，并亲自动手往返数次将书搬下六楼，时天闷热，汗挥如雨，感而记之

农家子弟跳龙门，腹有诗才笔有神。
当政毋忘桑梓地，知恩且报后来人。
满身珠汗挥楼道，千册藏书到惠民。
秋雨如邀降虎热，芦江水漾一瓯春。

无题　祝贺望城才子纪红建长篇报告文学《乡村国是》荣获第七届鲁迅文学奖

炎黄自古重乡愁，火种刀耕代代秋。
创汇虽为强国策，扶贫亦是大同谋。
天高岂必隆恩远，笔健当书百姓忧。
访遍千村凝硕果，望城才子上层楼。

无题 寅月某夜，疾风骤起，暴雨倾盆，晨起风停雨息，园中满地落英，数株果树经大雨洗礼，枝叶更为青翠，叶间犹见零星青果，娇小可人，因感而赋，并以此纪念新中国诞生70周年

东君万里斩花妖，簇簇浮尸水上飘。
暴雨频敲催命鼓，狂风怒射夺魂镖。
倘无血战开天地，安得河山弃旧朝！
狼藉残红春去也，阴阴夏木育青桃。

无题 昨与望城区文化交流协会领导、同仁赴欧阳修故乡庐陵考察，参观吉安市博物馆，晨起又启新程

庐陵进士满三千，车到庐陵拜大贤。
昨夜赣江流枕上，今朝春意入云天。
未劳美酒催灵性，自有豪情若涌泉。
此去井冈多胜地，当能一路拾诗篇。

无题

应群辉师妹邀约，与原新康继电器厂兄弟姐妹一行十数人同赴其黄花塘别墅叙旧，席间笑语欢歌，佳肴美酒，吾因驾车之憾不能成饮，罚诗一首

商场美女出新康，见证村姑变凤凰。
别墅巍巍花掩映，财源滚滚日安详。
相逢未觉容颜改，叙旧犹知情意长。
一席推杯吾婉拒，开车难发少年狂。

贺长沙市诗词协会换届·之一

地灵人杰数湖湘，屈贾风高味最长。
登阁能舒千里目，吟怀足荡九回肠。
时多雅客承骚韵，代有新花放异香。
闻说诗坛将换届，弦歌一曲祝文昌。

贺长沙市诗词协会换届·之二

千秋屈贾有余波，贺比麓山枫叶多。
砭弊赖挥工部笔，匡时须奋鲁阳戈。
天机孕雪期春早，橘果盈枝觉岁和。
闻得马嘶犹拭剑，书生意气未销磨。

贺靖港芦江诗社成立

梦入芦江第几桥，乡愁愈老愈难消。
闲依曲水吟风月，未得知音也寂寥。
结社元为交墨士，偷师只合到唐朝。
长安若捡生花笔，回把家山任意描。

贺靖港书画协会成立

芦江毓秀复钟灵，砚底波澜涨洞庭。
劝我添诗因墨趣，留君久味是丹青。
形真犹近皮毛客，神似方堪座右铭。
修到人书俱老日，俊才何用问曾经。

新中国七十周年纪念·之一

山河壮丽仰前贤，建国欣逢七秩年。
域外横戈驱虎豹，长空铸剑祭龙泉。
城乡一体晴方好，港澳同归月正圆。
赖有中枢施伟略，奔驰骏马更加鞭。

新中国七十周年纪念·之二

炎黄浴血志犹坚，福到人间不计年。
海晏河清民是主，尧风舜雨吏称贤。
壮怀宏愿兴家国，老有闲情听管弦。
积弱积贫今已矣，巨龙飞跃在中天。

无题　为新书《128种你不能不知的逻辑错误》而作

劝君休诉十分怀，世事浮沉一笑开。
不识穷通非达士，未遭人忌是庸才！
池边花落春将暮，阁上云稀月又回。
弹铗长歌空自老，皈心立说复何猜。

游桃花源补记

桃源闻说好风光，结伴登车赴异乡。
看院只留群竹雀，出门唯带一诗囊。
不期古洞逢渔父，却在仙溪历晚场。
夹岸笙歌如梦里，归来补写数篇章。

庚子新春疫情忧思

中华崛起有人忧，大嚷黄灾漫地球。
军舰侵骚难止歇，外交打压未停留。
明封芯片如无赖，暗窃基因胜世仇。
冠状罪魁真野味？吾疑此事或阴谋。

无题　获评乡村“最美庭院”感作

中年筑室傍芦江，宜读宜耕清韵长。
春暖泥融蔬圃嫩，秋高日醉橘橙黄。
风生竹底含诗趣，花近书斋带墨香。
但得小庭能悦目，勤些打理又何妨。

无题　新作《故乡风物入诗笺》不日将结集出版，特答谢近书堂主人题写书名并赠墨宝

多年积腋始成裘，觅句寻章鬓上秋。
未获骊珠辉薄册，却劳妙手赐银勾。
徐生易遇陈蕃榻，拙笔难登谢朓楼。
万古田园归隐逸，诗中意趣在湖洲。

贺宁乡诗词协会成立三十周年

沩山灵秀数仙乡，毓育文风代代昌。
张栻胸中涵理学，齐僧颈上负诗囊[1]。
岂无吟社团才俊，每有清歌对绿觞。
卅载雕龙珠玉厚，又磨新墨颂年芳。

---

[1] 唐诗僧齐己。传齐己项上有一肉瘤，时人戏称之为诗囊。

古风

汨罗行

端午屈子文化园参观虢筱非先生《楚辞》主题章句画展

有江有江曰汨罗，洞庭湖畔卧清波。
江蓠辟芷生大泽，洲渚老树挂藤萝。
汨江水发自江东，云天极目幕阜雄。
幕阜绵延丘壑美，绕山云气雨难止。
聚为瀑布泻悬崖，汇成汨水又罗水。
南支汨水出黄龙，北支罗水出罗里。
罗水汨水两相交，大丘湾处合一条。
鳖蟹江豚时出没，逶迤流经罗子国，
罗子国中筑古城，城在湘中近洞庭，
连天水势来幕阜，幕阜东南地势倾。
楚王有志收天下，并吞属国行征伐。
山河不改主人新，罗国遗民变楚臣。
楚有忠臣名屈平，博闻强志世彦英，
修明法度去秽政。滋兰树蕙得贤名，
初时颇得君王用，官授左徒职位重，
黄钟毁弃瓦釜鸣，鸾凤伏窜翻如梦。

中情不察谗人张，一朝放逐在沅湘，
行吟泽畔容颜苦，濯缨几度向沧浪。
灵修昏暗路幽昧，溷浊不分贤士退，
衰年有国不能还，隐在汨罗玉笥山。
怀谗去国中心闷，写罢离骚又天问。
文约辞微志行洁，合为楚辞称卓绝。
美人香草品行高，从此文坛拜风骚。

或言狐死必首丘，洞庭北望有余愁。
惊闻故都为秦破，肝肠寸断不能休。
美政难为日将暮，愿依彭咸付清流。
闻道灵均自沉潭，沿江父老咸断肠。
纷驾渔舟来搜救，惜哉江水淼茫茫。
或恐身遭鱼鳖毁，齐向深潭投粽子。
遂成遗俗传民间，足见民心有如此。
斯人虽逝恍若生，爱国情怀永不死。
汨山有汨汨江流，从此年年赛龙舟。
龙舟鼓点越千载，才人一代胜一代。
长沙儿男虢筱非，幼好丹青才气肥。
叩艺京华觅心法，一入齐门笔生辉。
金石书画皆精习，大道纵横熟复生。

孜孜于艺三十载，迩来脱臼欲变更。
捧读楚辞有余绪，意兴遄飞摹楚声。
抱古观今意趣殊，挥就百幅楚辞图，
图上芰荷春欲放，湖湘风物跃纸上，
镕金铸石笔意雄，云海江舟山水旷。
绿蒲香艾草生烟，鸡啄豕游活如鲜，
扶犁老丈日耕作，佳人对景惜芳年。
岩峰险峻削如斧，雄浑苍茫意象古，
洛阳纸贵友人传，惊动汨罗当政者，
屈子园中画展开，观众如云络绎来。
京华省会不辞远，咸伸拇指赞楚材。
龙舟故里添新意，潮动端午何雄哉。
受邀有幸逢盛会，迎风一赋对高台。

词部（17 阕）

减字木兰花

观国庆阅兵有感

三军云集。铁血男儿天地立。钢铁洪流。不净胡尘誓不休。

长空铸剑。已让豺狼神色黯。四海雄名。数我人民子弟兵。

菩萨蛮

其一　应邀参加“天涯煮酒《凭栏观史》第 51 期：樽中月影，超然李白”活动

狂风吹我心何处。高高西挂咸阳树。骏马策长风。男儿带剑雄。

一朝嗟白首。月下徒呼酒。散发弄偏舟。焉消海客愁。

其二　访格塘凌冲建华兄故园有感

茯林塘口农庄美。当年学友重游喜。阶上读飞花。依稀往事嗟。

青山含远黛。叔父当初爱。愧我日蹉跎。归吟励志歌。

西江月

其一　观鱼吃草

饭后园中踱步，池边鱼影徜徉。薅来嫩草半箩筐。散入水中哄抢。

鱼类但求果腹，人生却为何忙。锦衣玉食尚迷茫。尽把韶光轻荡。

其二　贺黑狗生娃

节后春阳正暖，时来风景俱佳。清晨黑狗喜生娃。四个男儿未假。

人类忠诚卫士，招财救驾看家。祛邪护院实堪夸。牛鬼蛇神都怕。

其三　戊子日风雨有寄

喷子宜先缄口，官媒暂勿邀勋。坊间猜忌已纷纷。抗疫风声犹紧。

值鼠该当何罪，皇天莫吝丰恩。来场暴雨净妖氛。且佑民生安稳。

其四　闻武汉女医生小甘骑行千里返岗抗疫有感

单位疫情紧急，家中火燥心焦。憾它两地路迢迢。返院如何做到。

不畏千难万险，骑行四夜三朝。沿途辛苦等闲抛。救死扶伤重要。

临江仙

其一 应望城知名作家纪红建邀约，赴毛泽东文学院参加其新书庆宴

红建高情排盛宴，华厅美酒佳羹。丽人才子一齐迎。望城文学界，满座是精英。

逸兴遄飞相与笑，滔滔宏论堪惊。开怀畅饮语相倾。主贤宾尽兴，毛院百家鸣。

其二 贺望城诗协成立20周年

希望新城弘国粹，文坛水起风生。雷锋故里结诗盟。麋峰调律韵，湘水涌才情。

廿载红笺堆锦绣，词乡日日新晴。花园百鸟共和鸣。莺声方恰恰，燕语又嘤嘤。

其三 华兄等作协诸友月夜来访

锻炼又兴时尚，骑车最是开怀。一行队伍出城来。目标何处去，着实费思猜。

贵客齐临寒舍，清风亦步庭阶。融融茶会树前开。当空明月照，愧我淡安排。

其四　植荷小记

雨后荷塘行走，水中新叶如钱。忽然心动忆红笺。黄梅犹未熟，恰是种莲天。

火速取来锹具，挖回泥藕新鲜。归家栽到柳池边。碧蝉清唱日，好伴藕花眠。

渔家傲

其一　闻昨夜国足长沙胜韩国队

国足多年雄不起。逢韩每战皆披靡。铁血球迷人尽耻。心已死。孬熊莫作狮儿比。

寄与韩军休鄙睨。今朝欲把沉哀洗。若问长沙称老几。楚故里。临门一脚踢翻你。

其二

昨夜酒高堤上走。无端惹恼三条狗。一路追随一路吼。莫笑偶。平常冏事谁无有。

行到水穷方转首。倚栏风拂河边柳。明月少年难厮守。休摆手。春宵人寂君知否。

其三 纪念秋收起义90周年

革命怒潮燃火焰。赣湘齐祭倚天剑。猎猎大旗鲜艳艳。村酒酽。文家镇被红军占。

万里征途坷又坎。重重阻隔秋云惨。最是英雄宜放胆。志莫减。井岗峰上江山揽。

卜算子

春日一时贪

吾园中有一桔树，春日繁花万点，秋来硕果满身，而枝条竟因不堪重负致全部垂弯地上，一时满地金黄，似成奇景。吾与二三友围观良久，慨然而叹，因填一阕。

春日一时贪，满树花如海。待到秋来悔已迟，果压腰身矮。

得意恋春风，遍种风流债。多少追名逐利人，似此身心坏。

满庭芳

其一　庆十九大隆重召开

序属金秋，时维九月，桂花千里飘香。帝京喧动，英杰满华堂。盛世欣逢盛会，普天庆，凤翥龙翔。宏图展，巍巍我党，日月共辉光。

苍茫。曾忆否，枪林弹雨，戴月披霜。引无数英雄，血染平冈。赢得中华崛起，数十载，国泰民康。层楼上，初心永记，更写伟篇章。

其二　贺李果实先生喜得千金“依言”

细雨淋浆，东风染墨，渐将春色调匀。壮年弄瓦，碧玉出名门。已是妻娇子秀，又迎得，掌上珠珍。当呼酒，浮他数白，酣畅醉佳宾。

良辰。依淑女，云堆翠髻，朱抹桃唇。待玉琢香培，艺压文君。灼灼华章添彩，才情溢，不负亲恩。嘉言赠：江山万里，喜有物华新。

第五辑

感怀篇

诗部（33首）

五绝（6首）

偶感

人心已不古，谁解断须吟。
抛诗入江水，下或有知音。

独赏秋月

水村秋夜寂，闲步到三更。
一片芦花月，无人共我争。

过乔口偶得

春日到乔口，长亭立水中。
吟人来买醉，消费一帘风。

读史

西子十分色，陈王八斗才。
色才同薄命，何处说由来。

春日游园

樱花飞紫雨，美女满公园。
自拍玩得嗨，无人顾我言。

无题

随诗协采风过胡耀邦故居，见山崖边新生竹笋，笋叶未落，即高丈余，俨然有冲天之像。思胡公年方十二，即投身革命，终成大器，感而慨之，因成一绝

南国多生竹，风姿卓不群。
出泥虽是笋，其志已凌云。

五律（7首）

秋夜偶成

灿灿佳禾熟，蓬蓬秋色肥。
采莲宜早出，看舞莫迟归。
人事须勤省，诗心少放飞。
酣眠方是福，趁月掩荆扉。

重阳有感兼寄人

诗必来年好，菊惟今夜黄。
登高宜抱酒，对月畏披霜。
俗务磨灵性，思心逐远方。
行藏休问讯，云水渺茫茫。

春日有感

春风谷鸟啼，着意过桃蹊。
好句随缘得，孬诗信手题。
浮名难换酒，野菌可烧鸡。
前路知何处？斜阳花影迷。

闻长假游人成灾有感

长假游风盛，秋阳晒脱皮。
帅哥成黑狗，靓妹变乌鸡。
车堵浮心躁，身劳颜色低。
何如呆屋里，静看日沉西。

庚子新春疫情忧思录·之一

岁鼠方临值，神州起疫情。
无才拯国难，有泪吊苍生。
毒雾封村路，迷云锁汉城。
东风何日至，驱瘴见花明。

庚子新春疫情忧思录·之二

天地不相和，春江瑟瑟波。
鄂城迷雾障，华夏染沉疴。
责己官无有，吹牛诗太多。
杜郎安在否，此际要风歌。

寒夜吟

村酒尝初酿，儿歌唱少时。
锄园欣有圃，学剑恨无师。
劲竹同松友，闲鸥共鹤期。
何忧冬夜冷，风雪孕芳枝。

七绝（9首）

雨中春钓

三月江南烟雨多，何人冒雨钓春波。
文王不访磻溪客，老煞渔翁莫奈何。

土地生日喝社酒有感

濛濛细雨湿梨花，具酒团邻醉语哗。
又是一年春社日，却无人再话桑麻。

观荷自嘲

江湖几度搏浮名，种出莲花草更荣。
待见邻家荷色好，始知无用是书生。

无题

交毕书稿，天清气和，花香鸟语，正合煮酒谈诗

铅刀磨尽渐成锋，检点行囊未觉空。
诗客不来花欲谢，明朝煮酒约东风。

庚子新春忧思录

当年非典又相期，野味背锅正适宜。
是否豺狼施毒计，思量此事尚存疑。

习禅偶得·之一

癣疥缠身不厌多，泥猪扮虎出山阿。
只今闹市招摇过，手把鱼竿钓眼波。

习禅偶得·之二

敲空细听起弦歌，伐木何须用斧柯。
掘得自家真宝藏，骑驴踏碎洞庭波。

习禅偶得·之三

无地立锥尚有锥，无锥方未与禅违。
转身扫却阿师语，云自闲闲鸟自飞。

习禅偶得·之四

饥时吃饭困时眠，莫谓乡居少洞天。
几度黑风翻大海，溪翁稳坐钓鱼船。

七律（11首）

新年偶感

屈指回乡近六秋，著书原为稻粱谋。
头从碌碌忙中白，溪自潺潺石上流。
春种杨梅期解渴，夏栽萱草企忘忧。
何当证得如来智，一洗苍生万古愁。

无题

游戏凡尘每自娱，一朝回首醒醍醐。
无师自度禅河寂，有客时来月不孤。
树德建功原是妄，立言著说怎非迂。
利名勘破人何处？落絮飘飘霞满湖。

春日有感并寄筱非兄共勉

莫向樽前唱老歌，踏春时节最情多。
埋头作画因名诱，伏案编书被利讹。
驽马不堪千里走，好诗还待十年磨。
辛勤换得生花笔，满纸龙蛇没臼窠。

大雪有咏

南人久与雪相违，遇雪初来喜上眉。
待到雪封童叟困，方知路冻出行危。
岂因腊月梅花好，致念寒天冰柱垂。
遥见农夫摘菜苦，芦江诗客更深悲。

七夕有感

凡心私动罪于天，棒打鸳鸯若许年。
两处相思千里外，万般愁绪一河边。
当初泣别缘王母，此夕团圆仗鹊仙。
为问人间多少事，几曾苦涩似情牵！

感事·之一

一壶浊酒一杯茶，惯见晨曦与落霞。
云里竹箫伤野鹤，六朝金剑折沉沙。
莫因秋月哀人事，待趁春风捉柳花。
卖得文章骑宝马，不如归写浣溪纱。

感事·之二

夭桃秾李自成蹊，丽日将升唱晓鸡。
荒渚芦枯从鹤宿，残桥树老任鸦栖。
泉无双足能归海，花纵千娇也化泥。
天网恢恢元有数，醒时先听早莺啼。

秋感

江湖落拓倦登楼，八月芦村暑未收。
有客沽名敲废字，无人设弈对高秋。
脱尘逸士寻何得，悦目闲花信可求。
徐步乡园藤绊脚，勾腰满地认牵牛。

秋兴

千山阅后步从容，堪破禅关色未空。
兰蕙每生幽谷里，清秋多在竹林中。
鬓因年事微微白，颜借村醪日日红。
黄菊一丛谁共赏，诗心屈指少人同。

赴友相招K歌

冻云冷雨暗千家，有友相招来晚些。
一室笙歌情缱绻，半池男女舞参差。
病中见酒如临敌，灯下逢君赛看花。
同唱阳关三五叠，曲终人散各天涯。

无题

梧桐叶尽数天寒，入眼萧疏百草残。
云里竹箫休久听，匣中金剑莫轻弹。
莺声晦涩迷心绪，世路崎岖歇马鞍。
欲寄亲朋梅未发，微吟一首报平安。

词部（10阕）

浣溪纱

其一

不借东风舞亦成。新年卸去旧心情。呼朋煮酒备南征。

阶上千团皆竹叟，窗前一字是梅横。明朝策马下春城。

其二

篱畔红樱点点开。中分春色逼人来。迎风抱酒上高台。

野鹤形容凭鸟笑，老男心事任花猜。诗成不让洛阳才。

其三

子在川前叹逝波。流年暗换去如梭。江风吹老打渔歌。

青涩诗囊行渐满，银星同伴顾尤多。秋光不忍再消磨。

其四

莫把豪情对客谈。梨花雨后沐晴岚。溪流百丈现深潭。

秀色不劳铢两买，高禅何用毕生参。山青水自绿如蓝。

其五

一岁华年一岁消。东风又绿靖江桥。飞花片片老渔樵。

待客愧无佳酿奉，读经喜有古贤交。而今再不叹孤标。

西江月

柳外春江淼淼，池边夏阁森森。几朝风雨共相侵。石上依稀痕浸。

旧事都随流水，红尘谁是知音。天涯岁月贵黄金。满地落红堆锦。

渔家傲

其一

雨后晴阳花正好。词人却怕春催稿。梦里光阴溜悄悄。分又秒。如何不使人心恼。

浪子回头曾草草。韶华全被闲抛掉。莫谓春归无处闹。今且告。追君远上天涯道。

其二

倦客尘埃何处洗。芦江秀色深无底。近水楼台肩互比。街挤挤。游人多似江中鲤。

柳眼初醒娇旖旎。飞红化雨情难已。春泊河洲风十里。扶懒起。今吾欲醉君休理。

其三

案上诗残闲不补。年来渐觉行文苦。无益铅刀休乱舞。时过午。秋千架外飞红雨。

叶底鹂歌传隐语。殷勤问我心何许。魏紫姚黄谁是主。明肺腑。余生合与花为伍。

蝶恋花

留下落红闲不扫。因恨东君，岁岁归还早。已是愁心无处恼。林间燕雀声声躁。

别后年光容易老。谁道天涯，处处多芳草。检点文章无一好。风儿犹乱书边稿。

第六辑

咏物篇

诗部（10 首）

七绝（7 首）

东风

春回又是过匆匆，古渡斜阳照晚红。
片片飞花辞碧树，不消楼外再东风。

小巷

小巷弯弯小巷长，也无门洞也无窗。
清风巷里来回找，拿串钥匙敲着墙。

问月篇

吴刚与桂有何仇？伐木丁丁斧不休。
劳碌千年君累否？嫦娥舞袖正楼头。

孟春赏花

梨花初白海棠红，朵朵迎春舞惠风。
天道从来怜万物，韶华不许尽雷同。

农家秋晨

半泓秋色一天霞，晨沐晴阳赞物华。
不识仙乡真面目，只缘身本在农家。

夏夜荷塘

天下名山多产竹，世间有水即生莲。
潇湘夏夜多蛙鼓，风荡荷花月满船。

新年晨起篱边见菊

天寒地冻欲何之，百草枯黄谢幕时。
唯有菊花心不死，残香犹抱去年枝。

七律（3首）

靖港古镇“曾国藩行营”怀古

书生兵溃意难禁，愤极投江泪湿襟。
雾锁楼船遗国恨，木支大厦识丹心。
从来璧宝需雕琢，哪有英雄不浮沉。
湘水悠悠流日夜，渔歌隐隐白云深。

靖港“宏泰坊”怀古

桨声灯影漾平湖，鸟宿池边客不孤。
曾有绿杨千树媚，只今红粉一人无。
梁间紫燕知何处，壁上青苔占画图。
最是斜阳能守信，朝朝如约照流苏。

辛丑年春节

读有诗书种有田，太平日子也如仙。
才蒸绿蚁邀秋月，又挂红灯过大年。
牛步姗姗扛福至，春情脉脉托枝传。
神州此夕同歌舞，齐祝尧风舜雨天。

词部（5阕）

临江仙

宇宙遐思

质点突然爆炸，神奇宇宙萌生。斯年亿万向前征。海枯麻石烂，脚步不消停。

夸克光波交替，地球月亮同行。之间哪缺斗和争。恒星招小弟，黑洞吻光明。

减字木兰花

其一　与作协诸友游乌山金树樱花园

殷勤春色。欲把芳枝留醉客。此系何村。金树樱花百里闻。

田园小院。如画风光人尽羡。政策春风。吹得农家户户红。

其二　雷锋故里

雷锋故里。改革东风吹到底。发展无穷。十里陶城火正红。

明珠古镇。诉尽江南烟雨韵。工业百强。一路高歌奔小康。

浪淘沙

致瘾君子

涉毒害无边。不止烧钱。一沾成瘾陷沉渊。子散妻离家业废，珠泪涟涟。

吸久命如悬。嘴鼻流涎。不人不鬼日凄然。寄语诸君离毒品，珍惜华年。

渔家傲

咏渔家塘

古镇游来兴未了。渔家塘似蓬莱岛。燕舞莺歌环境好。花香袅。排排瓜果如诗稿。

魅力金畴生业宝。东风播雨春来早。政惠农桑昌福到。清溪绕。芦江踏上康庄道。

第七辑

题赠篇

诗部（23首）

五绝（3首）

题虢筱非先生秋光图

南国是吾乡，风中闻稻香。
鸡王怀五德，信步赏秋光。

题虢筱非先生井蛙图

自谓洞中阔，谁知是地牢。
蜇居井底久，今我欲登高。

题2018年湖南省花鼓戏春晚

神州迎玉犬，花鼓贺新年。
国泰三湘乐，民风入管弦。

五律（3首）

题熊大师采莲图

秋水二三尺，红花八九支。
当荣君不赏，留待几多时。
为学寻新友，吟歌择旧词。
采莲无所获，拾得数行诗。

题才女蔡英夫妇假日游茶亭照

峻岭产奇茅，秋花滴滴姣。
佳人依石立，媚眼对谁抛。
岁月虽流去，真情羡故交。
重温初恋事，脸颊泛红潮。

题新康月圆栀子山美丽屋场

栀花香五月，村野有名山。
红墅遥能辨，青禾近可餐。
人稠紫气绕，树古绿藤攀。
忆昔书声朗，知州读此间。

七绝（11首）

题虢筱非先生“吉祥花开”荷意图

一番风雨一番新，玉立泥中不染尘。
莫道江湖秋水隔，天涯长有访君人。

题虢筱非先生山居秋意图

莫疑世外有桃源，风送松涛到枕边。
岁月静如秋叶美，推窗又是碧云天。

题虢筱非先生山居习武图

大山深处野花肥，云自闲闲鸟自飞。
习武男儿身手健，邻人看到不思归。

题望城美协肖东辉先生紫藤图

人生至理寓貂毫，石贵坚来花贵娇。
借得东风连夜放，将春开遍紫藤桥。

自题芦江惠民图书馆

汉皇英武重裙裾，金屋藏娇日不虚。
今我效颦添一舍，未藏佳丽只藏书。

题黄立勋先生“踏歌”诗意图

仲夏农家瓜果肥，一支牧笛送斜晖。
牯牛也解童心乐，足踏轻歌缓缓归。

题黄立勋先生“牵牛过野塘”诗意图

牵牛又过野塘旁，四面荷风扑鼻香。
采得半篮莲子去，归家送给小哥尝。

题黄立勋先生“万里春光牧歌飞”诗意图

郎骑竹马妹骑牛，无限春光一眼收。
做得朝中天子宰，也输牧笛弄闲幽。

题长沙“笑工场”茶亭望群村义演

明星义演聚乡邻，笃孝亭前约早春。
此日九峰山亦醉，桃花笑对上坡人。

题曹植

陈王七步妙成诗，却是临危自救时。
纵得才高能免死，已知智巧不如痴。

题铜官饭店

铜官饭店立陶城，古镇当年称盛名。
语录门前犹可辨，为民服务不虚情。

七律（6首）

题石首市东岳寺

云藏高阁意悠悠，莽莽荆江带玉流。
古刹钟摇飞百里，乾元寺伟足千秋。
禅门净土生奇木，朗月青辉洗客愁。
一近莲台闻妙谛，青山自在远沉浮。

题新作《交易的哲学》

男儿何必羡封侯，面壁成时动九州。
策马西风桥独瘦，啸吟孤顶月单幽。
盘中局变纷如世，眼底黄金漫似丘。
换得名山藏宝册，十年磨剑已堪酬！

题铜官云母寺

关公拍马走天涯，毒箭伤身事可嗟。
村妇善心施药草，将军高义报春花。
湖边黄土埋娘骨，寺外乔松挂晚霞。
香火千年延未绝，至今云母颂长沙。

题乔口渔都

吴根越角楚风遥，杨柳春烟隐画桥。
湛水村头莲叶碧，盘龙岭上白云飘。
荷舟载月菱歌起，鸥鹭栖滩物产饶。
最是稻香瓜熟日，鱼肥酒酽客相招。

题茶亭官塘坡村百年古樟

根深叶茂体庞然，伫立山头近百年。
石塔云闲凝暮雨，池塘草绿带朝烟。
枝容喜鹊传佳报，阴庇邻翁弄管弦。
见证乡村生巨变，今时岁月远从前。

题湖南湘江集团湘妃公园

寻夫望断楚山云，青竹枝枝带泪痕。
北阙楼台行渐杳，南巡事业迹犹存。
不辞万里风波恶，顾念平生雨露恩。
妃子江滩凝首处，巴溪兰芷尽芳根。

词部（21阕）

浣溪纱

题才女海燕春游照

纤手拈香着意猜。何人将柳叶来裁。桃花心事上香腮。

自是佳人临好景，从来碧水伴楼台。年年此际更重来。

题才女刘煦洛阳赏牡丹照

天下名花在洛阳。姚黄魏紫着浓妆。一屏春色话来长。

谁道牡丹真国色，园中湘女赛花强。花前羡煞看花郎。

题伟姐春游照

爱把东风袖里笼。拈花照水立芳丛。四时姿色不雷同。

岁岁春回人未老，年年花落水飘红。一帘幽梦漫消融。

题才女蔡英赏花照

朵朵鲜花缀绿茵。郁金香畔画才人。韶华灿烂好纯真。

素手呵香颜似玉，明眸巧笑气如薰。东风亦妒百花裙。

题草原才女银露梅骑马玉照

五月草原风正肥。佳人恋旧又南归。长空细细马蹄飞。

银露多情牵翠袖，格桑有意染娥眉。绿云身后紧相随。

题虢筱非先生“云在青山花在瓶”墨趣图

云在青山花在瓶。两相舒卷有余情。墨中诗意已分明。

有叶有禅渲道趣，无风无雨慰平生。江湖一远百般轻。

菩萨蛮

题作协才女蔡英春游照

农家又着春颜色。竹篱茅舍林间匿。假日出城游。风清花带羞。

空山闻鸟语。侬是谁家女。负手小阿娇。凝眸心事遥。

题作协才女海燕春游照

杏花烟雨江南俏。江南才女花前笑。柳倚石桥边。青春谁不怜。

画船浮水上。眼底秋波漾。袖舞乱郎心。河边春色深。

题湖南日报虢筱非先生“秋花”墨趣图

秋花已觉迷人眼。秋虫唧唧吟声软。莫负好时光。风中闻果香。

人生常碌碌。名利争相逐。孰肯赋闲情。山中读晚睛。

题金石书画家虢筱非先生“春情漫如草”墨趣图

洞庭春色归来早。春情弥漫浓如草。一鹭立河滩。神悠意不闲。

平湖春水绿。岁岁情相续。此岁又新春。新春未见君。

题金石书画家虢筱非先生“鸡王”墨趣图

鸡王独向花丛立。秋高不管风来急。余韵自悠扬。由人话短长。

腹藏无限意。练就豪雄气。山倒不须惊。男儿气自横。

题伟姐春游花海照

菜花怒放无人管。诗囊又被花填满。花里探春情。花枝百媚生。

春娇花更俏。记得花年少。花插满头归。扬花扑面飞。

集苏轼句自题·之一

天涯同是伤沦落。故山犹负平生约。亭下水连空。江天一抹红。

柳绵吹又少。绿水人家绕。长爱月华清。和衣睡晚晴。

集苏轼句自题 · 之二

离亭欲去歌声咽。无情流水多情客。春水漾桃花。扁舟到海涯。

东风先醉倒。长共天难老。倚杖听江声。风和麦浪轻。

集李清照词句题杨贵妃

玉人浴出新妆洗。此花不与群花比。惊破一瓯春。明皇倚太真。

夜来清梦好。认取长安道。舒卷有馀情。黄金万点轻。

减字木兰花

集李清照句题李清照·之一

笛声三弄。独抱浓愁无好梦。落日熔金。小院闲窗春已深。

惜春春去。窗前谁种芭蕉树。烟锁秦楼。自是花中第一流。

集李清照句题李清照·之二

融和天气。但见包藏无限意。柳眼梅腮。绣幕芙蓉一笑开。

苹花汀草。闻说双溪春尚好。倚遍阑干。徒要教郎比并看。

采桑子

题伟姐回娘家格塘照

田园三月风光好，天气清和。油菜花多。回到娘家想唱歌。

东风犹识娇娥面，发秀颜酡。眼底柔波。记忆深深一段河。

临江仙

其一 题作协才女刘煦及同伴洛阳牡丹园赏樱花照

三月中州日暖，东风四处花开。江南才女洛阳乖。笑从心上绽，人自望城来。

绿树芳枝斗艳，红霞脸颊春回。群芳谱上有安排。花前存玉照，岁月总徘徊。

其二　题伟姐及闺密春游照

湖畔满园金粉，风前一袭旗袍。牵衣闲坐绿杨桥。闺房多趣事，聊起乐陶陶。

城里朝朝霾雾，农村处处香飘。菜花时节最娇娇。羡他春色好，不觉日尘高。

其三　题石首市东岳寺

石首荆江波渺渺，巍巍东岳云深。乾元建寺到而今。菩提开觉路，古刹隐高林。

香火千秋留胜迹，铜钟法鼓松音。空门岁月自歌吟。花开闻妙谛，月落见禅心。

第八辑

拈韵篇

诗部（23 首）

五律（12 首）

无题

应邀参加诗联协会铜官窑新华联国际文化城景点采风活动，品鉴诗友楹联创作成果，席间拈得“黄”

八月赏秋光，青山橘已黄。
题联心耗血，品句齿留香。
城外大江阔，湖边古堡苍。
名窑迎雅客，杯酒下诗章。

无题

区诗词协会采风活动，茶亭船形山庄谭金虎、汤丽霞贤伉俪家诗词沙龙，感受谭家园厚重文化气息，研诗探艺，席间分韵领“寻”

船山藏雅室，群客远相寻。
云绕青峰秀，藤牵小院深。
荷池消酷暑，丛树息闲禽。
围席磋诗艺，金乌憾早沉。

无题　陪宁邑诗协诸文望城采风，拈韵得“与”

佳客自西来，惠风和小暑。
书堂仰墨魂，靖港游诗侣。
目极岭逾青，眸回帆正举。
无才奉雅章，所乐在参与。

无题　陪诗友石渚湖采风，拈韵得“平”

骚客重闲情，河东结伴行。
远峰苍莽莽，弯道仄平平。
绿蚁才开得，诗秧已长成。
畅怀歌雅韵，高曲有人听。

无题　诗协韶山采风游滴水洞拈韵得“晖”

洞外风光秀，奇峰拥翠薇。
坪中双虎歇，垭口一鹰飞。
水滴生天籁，山晴沐帝晖。
乔松倾首望，似待伟人归。

无题　才女刘煦招饮，因事未成行，同仁代拈一韵得“我”

时序近三春，人间花万朵。
诗朋有约邀，雅会在江左。
宇宙一微尘，文章犹小可。
年年读老庄，得失无伤我。

无题　张利斌老师招众诗友水乡雅聚，以“等闲识得东风面，万紫千红总是春”分韵，吾拈得“春”字

戏乡多美景，不让五陵春。
雨脚依时歇，花枝照眼新。
柳琴弹曲水，高宴待嘉宾。
欲赋非司马，微诗谢主人。

无题

龙小英诗友召集诗会，席间以神州十二号飞船上天为题，吾拈韵得“鳖”。如今甲鱼金贵，喜赋一律

华夏多英杰，神舟排序列。
长空独我游，世事从头说。
天问已登荧，蛟龙昨捉鳖。
西风渐式微，何用劳唇舌。

无题

辛丑岁暮，谢锡根会长招众诗友雅集书堂山书香源，吟诗作赋，传承中华国学，吾因事下午方至，分韵曰“为”

嘉岁入冬时，书堂赴约迟。
芦洲无限雪，湘水一行诗。
作赋钦才女，吟联比大师。
中华风雅事，代代有人为。

无题 望城文萃馆开馆，正仰读《望城文赋》之际，蓦见作者冯天亮兄亦来参加揭牌仪式。吾少尝从亮兄游，后一别二十余载，未得谋面。今日重逢，不胜喜悦，寒暄之余并为《望城诗词》约稿。不想翌日便得亮兄短信赠诗，感亮兄厚意，次韵以和之

廿载飘蓬远，相逢重昔时。
未斟蓝尾酒，先获故交诗。
北海赊能接，桑榆晚不迟。
春来元有信，青色染新枝。

附　冯天亮原玉

江南小隐短信索诗戏答

老友劳相问，交情忆昔时。
骚人欣有社，陋室久无诗。
夜雨催花急，寒窗报信迟。
小园春叶嫩，试觅寄新枝。

无题　诗友龙洞采风，拈韵得“如”

诗翁龙洞居，生计问何如？
曲径通幽舍，岚烟锁太虚。
雨敲平水韵，晴荷旧犁锄。
既解山中乐，临川不羡鱼。

无题　周末应邀赴月亮岛参加曾总组织的端午诗词笔会，席间拈韵得“雁”

弯月落江潭，一游成久盼。
携朋履画桥，极目送行雁。
云墨雨将生，绿肥红欲绽。
酒阑兴正高，续句无谁慢。

七律（11首）

无题 随诗词家协会浏阳红色景区采风，参观谭嗣同故居并胡耀邦故居，席间拈韵得“山”

水出浏源九道弯，迂迴一路惠群山。
峰来紫气招龙伏，岭集乔松引凤攀。
义士孤身轻颈血，将军百战老童颜。
烟霞总被风吹散，只有英雄名不删。

无题 应邀参加诗朋雅聚，拈韵得“粟”

画里风光看不足，秋山云树如春绿。
乡庄拈韵记犹新，高阁敲诗今又续。
待客诚掏腑内肝，悯农各尽盘中粟。
吟坛峰外有奇峰，得陇何妨还望蜀。

无题　诗协乌山徐家桥社区采风，拈韵得“芳”

徐家桥市有余芳，八曲明珠路正长。
木嘴春花衣带雨，梅湖秋月影无霜。
铜炉煮茗闻天下，法鼓传音彻四方。
历史乡村深底蕴，振兴好做大文章。

无题　诗词协会郴州东江采风，拈韵得“对”

游罢东湖兴未退，爬山又约同龄辈。
石排万级若天梯，壁挂双溪成巧对。
入耳泉声堪洗心，消魂活氧能清肺。
云巅直上见精神，开路先锋刘小妹。

无题　雨中爬乌山，诗协采风，拈韵得“色”

又约诗朋贪秀色，危梯仰望青天仄。
岚封竹海讶峰奇，雨拭崖泥知石黑。
若有龙吟涧底浮，幸无狮啸岩前逼。
苍鹰倦翅卧山腰，视我云巅惊足力。

无题　应虎哥、霞妹夫妇盛情邀约，诗协诸英赴茶亭船形山庄采风，拈韵得“无”

一入船山景色殊，七分暑热六分无。
懒挥彤管临三谢，又纵形骸浪五湖。
四面祥云荫虎地，八方胜友赞霞姝。
河东有对神仙侣，乐为诗朋倾玉壶。

无题　国庆假期，诗友聚会游书堂山，吾因事未能成行，至今日午后方知分有一韵曰“手”，为不失众望，只得秉烛勉成一律

小隐芦村耕陇亩，秋高桂馥浓于酒。
游园有兴易忘机，分韵知艰难缩手。
陶令暂赊菊一丛，陈王且借才三斗。
凑成作业奉诗朋，自我宽怀还不丑。

无题　初夏诗友招饮未赴，分韵得“难”

陌上春归花未残，庭前夏步已珊珊。
秧瓜种豆宜闻早，读史研经莫畏难。
暇日有孙承膝下，衰年无梦到长安。
今朝偶得怡心句，写与知音一起看。

无题 曾爱明女史，浏阳楹联学会副主席，擅诗词，每有奇句。日前与意坚、宗义、白芷诸外地诗友出席“芦江诗社”成立会，游乔口、靖港诸镇，过吾舍，归以诗酬吾，中有“尚说溪塘可采菱”句，语出天然，嚼之有味，因次韵答之

卜居村野户盈藤，欲觅乡愁何所凭。
杨柳堤边闻鸟语，芦花江上看波兴。
新交知己虽三二，足活鲋鱼仅斗升。
未得素琴传雅意，期君六月共尝菱。

附　曾爱明原玉

酬江南小隐

室砌芝兰架绕藤，乡楼醉客岂无凭。
江涛卧听今非昔，古镇闲看废复兴。
占尽平畴千里衮，邀来紫气一方升。
晚风又促车尘起，尚说溪塘可采菱。

无题　乌山金树诗友雅聚拈韵得“芳”

久雨新晴值艳阳，骚人相约赏群芳。
江南桃李争春色，塞外俄乌摆战场。
乱世蚁民何痛苦，太平鸡犬也安康。
太平岂是轻来得，唯有中华更富强。

无题　桥驿芊然世纪农庄采风拈韵得“草”

点赞三农政策好，青山绿水皆珍宝。
承包湖泊做鱼精，开垦荒林当果老。
庭院广栽致富花，池边闲植忘忧草。
八方游客慕名来，生态庄园春醉倒。

后　记

这本小集，是笔者近十多年来在生活和情感方面的零星记录。可以说，正是源于对自然、家乡及生活的热爱，触发了笔者丰富的灵感，不知不觉中有了这样的积累。

古人云：言之精者谓之文，文之精者谓之诗。我深知，我的作品离这样的标准还有很长的距离。但无论如何，诗集中的每一首诗，都是来自于一位田园诗人对生活的感悟，对诗歌艺术的追求，是发自内心的纯真流露。希望笔者的这份真情，能得到读者们的喜爱和共鸣。

本集的出版，得到许多诗友们的鼓励和指正，特别有劳近书堂主人为诗集题写书名，虢筱非先生为诗集提供插画，在此一并致以最衷心的感谢！

江南小隐

2022 年 5 月 30 日于朴园